铁葫芦 | 诗歌馆

每一首都是情歌

王小龙 著

中国桂冠诗丛

Wang Xiaolong

Each and Every One of Them a Love Song

浙江文艺出版社
Zhejiang Literature & Art Publishing House

目录

| 你的眼里掠过悲哀的雁群 |

| 这年代的癌症 |

| 跋 |

| 你的眼里掠过悲哀的雁群 |

出租汽车总在绝望时开来

上次也是
为了去饭店结婚
我和她站在马路边上
扮演一对彩色的布娃娃
装出很幸福的样子
急得心里出汗
希望是手表快了一刻钟
会不会搞错地址
也不知道从南边从北边过来
只好一人盯着一边
想象间谍电影中的人物
又过了一刻钟
他们在饭店等得脸都绿了吧
不管认识不认识都是亲友
挣扎出几句不咸不淡的问候
不时呵斥孩子们停止干杯演习
后来到了那里才想起
领带还在衣兜里
赶快系上把裤带勒紧

不我不是要自杀

这次又是

她提着药、牙齿和脏衣服

像假释出狱的女囚

我数着进出医院的脚和脚

想看出一个结果

中国是男人多还是女人多

索性不去等了

它一定又是在那个时刻出现

一个注定的时刻

1981 | 05

美丽的雨

你长袖轻拂
裹住我让我跟你走
我就跟你走
飘飘摇摇
已在十字路口
你用柳枝凭空指点几下
蘑菇们便在雨中沿街乱滚
满街梦话连篇
满街醉眼蒙眬
你让我去认识每一个人
我就去认
靠在潮湿的广告牌下
突然想大哭一场
唉唉人们城里的人们
你们住的房子太小
公共汽车太挤
东西太贵
你们太美好
唉唉人们城里的人们

为什么只有这时
我们才能互相认识和微笑
而其他时候
阳光下
都那么小心
小心而又陌生

1981 | 05

孩子们的上海

上海是礼拜天的城堡
倒塌在雷阵雨中
沙堆上的奇迹
街沿的神话
知了飞离树梢
垃圾箱边的铁罐滚向拐杖
车轮一声尖叫
一棵树苍白地倒下
沥青融化汗水流淌
卡车上的冰块都能点着
而阳光没完没了
上海是怒火中烧的大人
突然大吵又突然沉默
河水黄了
河水黑了
当船头灶火亮了一圈
夜晚沿着堤岸走来
河上升起嘶哑的叫喊
喊你的小名喊你的魂灵

家来哦

家来哦

1981 | 07

心还是那一颗

从那时到现在
世界上发生了很多事情
在厨房，在街头
在列车要开没开的时候
人们已经吵得不耐烦了
再说三流演员都在当总统
你想会有什么好事
一出门你就走进这世界的哪一出戏
科学家从试管里拉出了路易莎
那究竟算是谁的孩子
男孩瓦文萨突然长大了
警察制服也吓不了他
电线杆子和精神病人打了起来
妈妈回家发现雨伞丢了
而我结婚了
总之，这一切都让人纳闷

我不是第一个
那时我们把他摁倒在地

作为隆重的祝福
最后一次夯他的屁股
以后去他家要斯文一点
以后最好别去
我们兴高采烈地把他抛起扔下
接着是一个星期的闷闷不乐
我不是第一个
兄弟你们忘了
忘了把我摁倒在地

那时我们干活干得真漂亮
打架和写诗都不算坏
活着就是和日子掰手腕
从来都分不出谁输谁赢
这城市每个仓库每家饭馆
都寄存着我们的故事
偶尔经过总是在雨中
然后吹吹口哨表示纪念
告诉自己什么都没发生
这年头人有这么多
而我不过结婚了

可是记忆该死的

记忆是牙齿掉了留下的豁口

总让你忍不住去舔它

1982 | 03

鼓浪屿

我要在夜半偷偷砍断所有的缆绳
放你逃走，鼓浪屿
逃得很远很远
让你去优美地流浪
月亮们找不到你
每个夜晚你都在另一个地方梦呓
把凤凰花瓣撒满海上

我们将永远站在岸上
一次次睡去一次次醒来
活着活着然后无奈地死去
八月的阳光下狗在咻咻奔走
公共汽车太挤
冬天太冷
钱太少

而你依然优美地流浪
从终日半合的百叶窗里
以少女的琴声召唤上一世纪

哦日光岩下的三角梅
哦月光漫上了台阶
这时攀缘而上的常春藤一起松开
白鲸浮出水面

兵舰们围绕着你
这个世界上的兵舰
假如只是为了检阅
为了漂亮地穿过波浪
那么你垂悬在古榕树上的梦
会是多么真实
令人神往

我们将永远站在岸上

1982 | 07

青岛印象

初夏的青岛还很宁静
清晨和黄昏
全城上空涛声隐隐
有风轻松地拐过街角
掀动少女的裙摆
书摊上的杂志
初夏的青岛
正酝酿爱的潮汐
一切都不紧不慢地进行
人们心安理得地上坡下坡
神情满足地走出饭馆
而时间和海水都很充分
你碰到的人也很大方
就像每天都是礼拜天
钟声如约而至

你在想你自己的城市
大家慌慌张张地穿过马路
恍若卓别林时代的电影

轮子和脚离开地面

真羡慕青岛的朋友啊
羡慕你们走在海边潇洒的模样
羡慕你们上衣和裤子的口袋
仿佛装满了叮叮当当的时光

1982 | 08

古镇

古镇不来大风
大风在万里之外的戈壁
镇上垂柳永远古典地摆动
檐角只是偶尔砸到头上
桥堍的茶馆潮涨潮落
一天两趟，人们
不看报纸也很会做人
再老的房子里婴儿照样出生
古镇流氓不会打架
古镇工厂没有大门
古镇人家都有几个钱
因此哪里都不去
就在客堂把骨头扔出门外
门外是河
河里有鱼
古镇之鱼一动不动梦入庄周
古镇夜半常有大雨
湿淋淋赤条条来来去去说说笑笑
尽是可爱的女鬼

1982 | 09

废园

我们惺惺相惜
在清晨
你一池残荷
我两眼近视
两个失恋者
被昨夜关在门外
沿长廊一路乱捡
上吊绳和半截梳子
和谁的脚后跟
乱捡乱扔

我们垂钓不是为了鱼吧
我们苦吟不是为了诗吧
我们坐着不是为了屁股吧

蚊子咬遍全身
我们挥舞短裤
服务员和丫鬟都躲了起来
每扇雕花木窗后
都有眼睛

贞德牌坊上怪鸟在叫

这叫声可以有无数诠释

你们出来吧

和时间隐身的一切

当闪电钻出凉亭

照亮石缝中蝮蛇的分娩

这神秘的瞬间

1982 | 09

外科病房

走廊上天竺葵也耷拉着脑袋
进来的都免不了垂头丧气
他们吃完晚饭把自己搬到床上
十分同情地凝视了一会儿雪白的绷带底下
那缺了一点什么的身体
然后故意把袖珍收音机开得哇啦哇啦响
想象自己假如是马拉多纳或者
是他妈的踢到门框上的足球
今天下午谁也没来
那个每天下午给小伙子带来橘子和微笑的姑娘不会再来
那个小伙子昨天晚上趁大家睡着偷偷地死了
早晨还有一只老麻雀跑来哭了一阵
现在不知躲在哪个屋檐下琢磨一句诗
今天下午谁也没来
护士抱着自己一只脚像男人一样坐着
把信写得长长的没有最后一行
她一开灯天就黑了
天黑以后能看见蚊子的嘴脸

这个世界假如没有蚊子这个世界
无论如何不能算坏

1982 | 11

纪念

一群酒杯站在桌上
哪一只是你的
抽屉打翻在地
你写了一半的信
似乎还想说些什么
那双旧皮鞋停泊在干枯的床下
费劲地思考
刮脸刀上锈住几根你的胡子
为什么一切这么快就成为过去

我吹灭火柴
一抬头看见了你
在镜子里抽烟
你每天早晨坐在这里
觉得纳闷
你皮肤黝黑
毛孔粗大
你很聪明
所以无能

你每一次发火
其实都是在骂自己
你的眼里掠过悲哀的雁群
秋天快过去了
你就是我

不不你忘记了你
总是在我以为事情过去以后
突然把我推出门外仿佛
惩罚就等在大街拐角
你故意不注意我故意
不注意留在茶几上的诗
弹了几下烟灰我想
我就是那只铁皮烟缸
一次次被你粗暴地烫伤
你一躺下天就黑了
天黑以后你让我一丝不挂
在人群中奔跑从屋顶摔到海上
我相信这个梦相信你现在
又在用厌恶的眼光揍我脑后
全部原因就在于
我就是你

假如我想第二天成为好学生
闹钟准会在半夜停下不走
我老老实实去当挣钱的工人
谁知又被叫去指挥唱歌
我要做一个好丈夫
可是红肠总是卖完
这个世界总是跟我过不去
于是我想和一切和好
和你和好
你却突然转身离去

总之出太阳的中午下雨是正常的
雨珠在阳光中闪闪发亮
和谐得像一对流浪儿
因此我们活着不能太计较
你说对吗你怎么不说话你
这棵风中的棕榈

1983 | 07

椰子和哲学

它沉思在你的书橱顶上
我惊讶它的旁若无人
一抹阳光黯淡地走过屋子
它缓缓转动起来
它的模样聪明极了
使我想起一些人物的头颅
一些居高临下的声音
阳光黯淡地走过屋子
它在你的书橱顶上沉思
我惊讶它的随遇而安
多年以来，我一直在想象
它悬挂在海边的风中
在桅杆和橡胶林之间
无数骄傲的乳房涨得滚圆
我一直在想象，多年以来
在一个远离大陆和喧嚣的村庄
梦和现实的距离
这一切终于不再抽象
成了一件可以触摸的东西

具体得无话可说
你让它开口说出人话
它的模样聪明极了
在这个冬日的黄昏
太阳枯萎在你的书橱顶上
我想哲学是适应力很强的
一颗头颅或者
一个子宫

可是你大概不会知道
它来自一片漂泊的圣地
那个村庄对我意味着什么
你永远也不会知道
那果实坠落的时候是多么痛苦

1983 | 10

婚后生活

1 | 蜜月

这发车铃声长长的
像女人缠不完的毛线
何况还有这对情人
手和手拉在窗口
一个在月台上踮起脚尖
一个朝车厢里撅着屁股
你们吻别好了
我们假装没看见
我们出发去度蜜月
手和手拉在一起到东到西
可是他们一松手车就开了
中国大得足够分开所有的情侣
看月台上的姑娘哭得多么伤心
车厢里男人们于是集体埋头抽烟
我们坐在一起也很不应该似的
这个出发不能说十分完美

现在希望列车永远不停
不去停靠让我们惭愧的车站

2 | 当我们五十岁的时候

那时我们还像现在一样
马马虎虎地做饭和接吻
衣服洗不洗都过得去
看书的时候不许说话
没有存款
平均三天找一次别扭
故意把回家之路走得
漫长而又伤心，然后
假装不认识三天
这样星期天就格外亲热
天气好得出奇
晚上头挨着头睡去
梦见两只小狗
在雪地上奔走

当我们五十岁的时候

3 | 男人也要生一次孩子

原来这个世界是很公平的
男人也要生一次孩子
在产科门外冰冷的长椅上
忍受黎明的阵阵剧痛
觉得自己是名罪犯
又不知道到哪里去自首
只好向邻座男人借火点烟
接着就成了无话不谈的朋友
摆出满不在乎的样子
瞎吹惊险的往事
像两名上过战场的老兵
其实怕得要命
我们都一样
怕她突然死了
还怕尿布和半夜的啼哭

就这样
天一亮
成了父亲

1984 | 03

悄悄咖啡馆

总想开一家自己的咖啡馆
在离家不远的小街拐角
悬挂一盏黑黝黝的铜皮风灯
在红松木门板的上方刻上
姓名年龄性别籍贯和履历
晚上我坐在高高的吧台上
谦虚地垂下双脚
闭上一只眼睛举起一根手指
数那些闪闪发亮的玻璃杯
我不想挣很多钱
所以招待小朋友默默和圣婴
招待退休的演员
和离职三年以上的工会主席
我的壁炉中有真正的火苗
浓汤里有古老的内容
我的咖啡滋味纯正
唤醒旧梦和死去的亲人
于是我让你们写诗
免费供应稿纸
写颠三倒四的回忆录

充满中等程度的伤感
也许我该请来喜多郎本人
让他永远只演奏一支曲子
那支曲子
有我不告而别的青春和爱情
轻轻演奏
你们也不再打架和发疯
心平气和地坐着
从黄昏到深夜
在布满水汽的木格窗上
用手指画出鸟群和好时光
透过它们张望出去
世界就像希望的那样

1984 | 04

担心

你担心遇到多年后的某一天
担心茫然一片的午后
担心在记忆的浑水中瞎摸
一次次放过狡猾的鱼
你的视力不行了
看不清谁好谁坏
你的上衣扣子总是塞错洞眼
你听不出昨夜哀鸣的猫
究竟是公是母
风又从哪个方向吹来
连胡子都无力生长
你舍不得刮
凭它出席研讨会
会上所有的鼻子和嘴巴
都成了长在脸上的怪物
毫无道理
走廊上飘来飘去的人
都像是死过多次
他们意味深长地经过你身边

摸摸耳朵

搓搓手

提醒你某项约定

你担心推开家门像客人光临

说是亲人却越过越陌生

可是鲜花在开放

鸟群扑棱棱起飞

找找你那颗心

它还在吗

它早已被阳光带走

在你年轻的时候

带去流浪

在密西西比河上

1984 | 08

阳光在赞美

战前
我在一家酒馆的后院
好心地往酒里兑水
不让他们一出门就打架和爬树
我家在不远的山坡上
和所有成年男人一样
我有一个妻子
每天晚上对准孩子的屁股拍打我
唱着北方的摇篮曲
把剪刀藏在枕头底下
没事我去湖畔坐一下午
假装钓鱼
这时水妖正好睡醒
那两条雪白的腿真是迷人
而湖水不断退缩
原来礁石是一些屋顶
方尖碑和洲际导弹
而湖水不断退缩
直到我从上到下长满绿叶

可是现在你看
两条树根被砍断一条
爆炸声平息以后
拐杖们就在街上走动起来

阳光在赞美
风在赞美
你哭什么哭
老汤姆

1984 | 12

远方

沿着铁轨前进
我们一路歌唱
从一块大陆到另一块大陆
我们在枕木上摇晃
碎石子砰砰射击
请知了们停止喧嚣的思想
重要的是行动
我们周游四方
只要笔直地走下去
就会到你想去的地方
莫斯科哥本哈根巴黎马萨诸塞
只是下一次睡觉的村庄
累了就在路基边躺下
像地道的流浪汉
小号吹出人间的忧伤
这时太阳西下
一列快车驶过
暴风雨和机枪响成一片
很多掀动的窗帘很多模糊的脸

我们没有车票

我们有脚

而铁轨漫长环绕世界

只要笔直地走下去

就会到你想去的地方当然

最后绕回原地

这令人沮丧的城市

这令人怀念的城市

都怪这横穿城市的老铁道

使我们总是幻想出发

去那从没去过的远方

远方远方

就是很远很远的地方

1985 | 03

围墙

围墙是个哑巴
年年往上长
警察在路口一挥手
围墙拐弯了

围墙那么高
遮住一半天空
球弹了上来
笑声在底下张着大网
他们在里面
他们会玩到天黑吧
我在外边
满地乱找粉笔头

那个画得大大的墙洞
大概还在吧

1985

老阿虹

老阿虹天黑以后去散步
老阿虹真阔气
他有约会
每棵树下都等着三个女朋友
他们慢吞吞地踱过斑马线
他们上西餐厅
用手抓着吃
反正老阿虹不掏钱
所以他不一分两分攒硬币
所以他最恨大肚子阿福
趁我一转身就把它踢到地上
阿福是头猪
是我的储钱罐
老阿虹是只猫
一只难看的猫

老阿虹终于死了
全城的母猫都匆忙赶来
她们围着老阿虹撒尿的地方

嗅了又嗅

老阿虹死了很多年了
树下那三只母猫还在等谁呢

1985 | 09

厦门寄往上海

为了重新开始我们的爱情
我远远地逃向海边
这样就产生距离
月亮和潮汐也成为新鲜的比喻
为了做一个好丈夫
我闭上眼睛使劲地想你
不留神跌进一个昏暗的山谷
人们用一只脚停在树上
一声不吭地转着眼珠
在木偶剧团的仓库
我趴在地下
寻找一张回家的车票
这时你向我走来
光着脚丫踩着夕阳
你笔直地向我走来
你身体的每一部分
都以动人的子弹
向我射击
我伸出双手等了很久很久

终于发现紧紧搂着自己

这时太阳从楼下升起

把人们喜闻乐见的忧伤

涂在我脸上

看来离别是一种必须

而爱情就在于距离

1985 | 07

那一年

那一年冬天特别长
雪下得缠缠绵绵如林黛玉
那一年牛奶不好买
一大早就听全城空瓶子叮当
那一年我们刚搬家
认真地吵了许多次，我都忘了
谁对谁不对，那一年
撒旦驾着坦克光临难民营
贝鲁特，噢，那一年
红海岸边沉沉浮浮尽是水雷
那一年谁也不提火药发明
那一年中国爱上了足球
人人胆子都不小，那一年
男人们在街上乱跑乱打听
手上挥舞着网线袋
那一年我推开家门就想哭
为了你，那一年
生下了你
我的女儿

1985 | 12

孤立无援的小鸟

风和阳光都沉默了
我们再吵还有什么意思
选中这个星期天上午
争吵可真有意思
其实一点意思都没有
为了昨晚有朋友来做客
你不欢迎我所有的朋友
为了你说到母亲和其他女性
就捎带一点恶意
这恶意不多不少
刚够我们争吵
够她吓得发呆
我的女儿啊女儿
你看窗上白茫茫一片
爸爸给你画一只小鸟
小鸟穿过星期天上午
我想知道朋友们都在家里做什么
和妻子玩牌还是分析一首诗
也许还赖在床上
他们不争吵

全世界的夫妻都比我们幸福
至少看上去经验丰富
一边一个拉住孩子的手
在街上慢慢走
女儿啊看爸爸的画
不是个是只一只小鸟
它有翅膀它随便飞到哪里
它降落在屋顶和旗杆上
它让我们美好
不我们不许谁拿枪打它
我们让它飞得比子弹还高
比太阳还高不不
没有吵架爸爸妈妈在演戏
演电视剧第三十三集
亲爱的有机会我一定要告诉你
我害怕吵架
吵架使我绝望
想起躲进衣柜的童年
爸爸妈妈在外面吵架
我跌进暗无天日
吵架使我觉得孤立无援
风和阳光都孤立无援

还有这小鸟

也孤立无援

1986 | 01

末班地铁

下去一些人以后
车厢显得明亮而又干净
一个小女孩的文具盒
嗡嗡颤动着
在地下穿行

你在车窗上
看见黝黑的自己
像纽约来的黑人学生
以为下一站就是哈莱姆
不用护照

还看见玻璃上有些人
站着或者坐着
在你背后一声不吭
仿佛抱着一皮包心事
随时准备出庭
集体作证

在明亮干净的车厢
想法也简单得很

直到下车你才发现
列车被一顶鸭舌帽驾驶
隧洞是一种巧妙的安排
潜伏着一头怪兽和无数翅膀
冷风扑上你的肩膀
列车不见了

1986 | 10

长街夜行

我们不如放慢车速
体会北方的深秋
它怎样降落怎样
把漆黑的风衣给我们披上
轻得难以察觉
似乎世界本该如此
我们也本该如此
长着宽大的翅膀

我想告诉你南方的秋夜
它不是这样的
它突然从屋脊上滑了下来
急急忙忙窜进大小弄堂
天亮以后
人们总能捡到它跑丢的鞋子

现在我们经过广场
快些和慢些就成了问题
也许速度并不重要

重要的是能否记得自己是谁

当北方的冬夜把你变轻
应该继续感受
什么都别说

1986 | 10

想起埃利蒂斯

秋天沿着高压电线尖叫
捡起一片落叶
你听见自己在破裂

听见自己精疲力尽
一片脉络干枯的梧桐树叶
让你看到一只手苍白地伸出被单
看到父亲

黄昏降临
房屋和人群都矮了半截
老了许多
你加快脚步开始逃跑
那条黑狗
不知什么时候跟上了你

你终于把黄昏和秋天关在门外
把自己关在门里
走投无路的你

满脸灰尘和恐惧的你
喝什么都醉的你
你回到家里

家里没有干枯的树叶
窗前有塑料花
所以你在饭桌上
假装吃得很香
吐出一根鱼刺
想起埃利蒂斯

城市屹立在灿烂辉煌中

1987 | 03

她们剪完指甲就溜了

每天早晨你都发现
她们和你一起躺着
一打明亮的计划
多情地纠缠着你
阳光也好色地爬上床来
不该起身的你
却穿上裤子
把她们揣进裤兜
出门去对付昨天留下的事情
直到黄昏
你走进家门
想给女儿找一件玩意儿
却掏出一把碎片
仿佛她们剪完指甲就溜了
讨厌的是你
你若无其事地坐下读报
城郊河道发现被肢解的女尸
女儿放声大哭

1987 | 03

老孙

我们多久没见面了老孙
你站在阳光下的人行道上
萎缩得小了一圈
你干瘪的两腮用力鼓动
让人感觉你进化成了某种鱼类
你不是退休了还站在这里
看什么西洋镜
马路对过是大世界
你从来在它楼下看门
很多人走过你面前
很多年走过你面前
你矮小地站在门里
扮演真正的主人
我也从你面前走过
叫你老孙拍你肩膀
装作很嚣张地晃了进去
早晨到此结束
也只有你以为我挣多少稿费
大世界不可缺少
可是你肯陪我喝酒

喝成一对疯子
咒骂天气领导和自己
都他妈的不是东西
我吐了一地你把门打开
月亮真大那天中秋
你看我们又见面了老孙
你面孔和身体萎缩一团
随时准备逃回娘胎不再出来
你别笑老孙等你笑出声来
我会把这面橱窗砸碎
你说难得进城来玩玩
玩玩对过是大世界
你不进去你从来在它楼下看门
矮小地站在门里
那里有一只搪瓷茶缸是你用旧的
那里有一条毛巾现在用来擦挂钟
老孙你从来也没做过主人
你离开后我也离开了
悄悄地躲开任何人
就这样来也空空去也空空
在马路上相逢就不是什么偶然
人们看见两条疲惫的狗

惺惺相惜地互相打量和寒暄
在往日的门外

1987 | 07

阿婆

你这辈子吃了太多的苦头
所以把药渣愤怒地倒在街上
大家来踩大家来尝大家都梦见
一个中国阿婆愤怒的模样
老头子打你从来不说道理
操起岁月打你直到昨天晚上
他还想用一条瘫痪的腿绊你
这世上男人都是畜生
你和昔日纱厂的小姐妹一起
傍晚时分发现自己两手空空
便抱住膝盖坐在街沿
一排阿婆抬头看天低头哭泣
你们看我走过
看得我后背冰凉手脚冰凉
太阳冰凉像井底的石头
我也是畜生
可是我也活得很冤枉
也想把什么倒在街上
大家来踩大家来尝大家都梦见

一个中国男人的窝囊模样

我没小姐妹

我又没药渣

阿婆你说我拿什么倒在街上

1988 | 06

语言

就这样睁开眼睛躺着
你听见天亮
楼下有人说话
听不清在说什么
只觉得十分动听
以为晨星洒落一地
那是你的两个邻居
他们起得很早
睡足一觉醒来
语音干净
富有弹性
原来这就是你的语言
在天亮时分
家长里短让你心平气和
想起身做点什么

1988 | 01

给一些朋友

把一块石头扔给天空
它就停在那里
有人说，看，星星

我依然一无所有
随便找一张纸
再借一支笔

为你，我的朋友
为出门流浪太久的
为病房中走来走去的
为闷闷不乐的，为一些
在牢房里抠墙的
为活着的和死去的

你在路灯下叫我
问聚会改在哪里
多年以前有过一次
他们早已走散

我只能拼命回信
假装自己很阔
其实根本没有来信
都他妈是穷鬼

只能把自己攥在手心
这我可不打算扔出去

1989 | 09

谁的手

死去的日期需要预约
这是要去见一位大人物

必须准时，你沿着桌边滑下去
是否想起一生中的很多错误

零点过后是忏悔的最佳时刻
楼前楼后猫哭狗咬直到天亮

一只柔软的手把门推开
阳光顺着指头流淌下来

你在地板上浮起
以一种优美的姿态展示无辜

必须准时，不然就失去了机会
你将悲惨地看见女儿长出白发

在每一条弄堂的深处碰壁

悲惨地迷失在荒凉的心境

把脸埋在父亲冰凉的胸口
你就预约了死去的日子

唯一不明白的是
那只柔软的手，阳光的指头

是谁的手呢？啊
那是谁呢

1989 | 11

坏事情阴险地站在你背后

有时，我在一种震颤中醒来
西面的墙上均匀地涂满阳光
屋子和我身体的每个部分
到处响起金属的撞击声
这声响来自楼下一家工厂
咣当咣当，冲床的拷问没完没了
孩子们的吵嚷从早晨开始
在楼前楼后活泼地流淌，然后
一声哨子领走了这条小河
我想象他们怎样涌进狭窄的校门
整齐地布满操场上的白色方格
我能看见自己也站在这动人的棋盘上
脚边是哥哥用旧的书包
我起身，光着脚去推开窗子
这是做装卸工的日子留下的习惯
总觉得呼吸不畅，疑心天气变坏
鸽群在一大片平房上空掠过
我观察它们起飞和降落的姿态
晨风悄然而入，像一只怀孕的母猫

在我胸口舔出一片细小的疙瘩
令人在紧张中产生快感
想去完成搁了很久的计划
有时醒来，你看见一个毫无光彩的早晨
天空阴沉得像下水道的铁盖
你就像被人当胸捅了一刀，就像
看着一个少女无缘无故被车轮轧死
所有的坏事情都阴险地站在你背后
有一股霉味，摸什么都潮乎乎的
你想起楼下的新闻
隔壁大娘昨晚来告诉你
一个儿子把妈妈的遗体卖给研究中心
说这是他的合法权利
昨晚我听见楼上楼下
所有的大娘都在破口大骂或者
闷闷不乐地洗刷鞋子

1990 | 03

爱的十四行

我要在海边盖一座房子
亲爱的，一座盐粒堆成的房子
我要的就是通体纯蓝
蓝得像鲸鱼的眼睛深不可测

棕榈们警惕地围绕四周
浪花在窗外演习登陆
月光中飞舞着无数细小的声音
来自四面八方，这世界

蜂拥而来，我挥手驱赶
让门廊下只存在海的气息
你的呼吸，亲爱的
让我在醉意中和你相聚

哦，那些日子是地板缝中的银币
夜半开始歌唱，那些日子，哦

1990 | 08

不期而遇

要不期而遇，比如
你提着那只很大的皮包出门
缓缓而来或者匆匆而去
都可以，反正你出门了
就这时不留神我看见了你
那么多人就看见了你
你是彩色的而他们一律黑白
像斯皮尔伯格的名单
我叫你，你停下脚步
在吵吵嚷嚷的街头
你能听见，我真服了
隔着马路，你我之间轮子来去
迷失着上帝的羔羊
而你我之间目光的距离
创造着关于美的定律
足够研究生写两年论文
亲爱的，要不期而遇
不要如约而至
约会总让人想到阴谋

也就是年纪大了玩弄的把戏
约会把简单变成复杂
把真实变成表演，亲爱的
你只能去扮演一个角色
令人起疑

1994 | 05

一支歌

下午我睡在风中
你是不是哼过一支歌
哪一支我想不起来
反正觉得遇见了老朋友
我睡在风中
窗帘掀动
树影乱摇
河水涨上阳台
我越漂越高
你躲在哪里
在哪里哼着
我摸不到你的影子
歌也从指间滑过
这歌让我心慌意乱
想起一生中许多时刻
许多过错，它们
乱哄哄围拢过来
就是那支歌啊
竟让我感到羞愧

一个四十多岁的男人
应该老练得多
幸亏是做白日梦
做梦不免荒唐
可是求你别再哼了
难道你没看见，亲爱的
我所有的伤口
都在有声有色地裂开
流淌着污秽和耻辱

1994 | 05

等待

在南方，潮湿也能把人咬伤
它舔你每一寸肌肤，贪婪地
一点一点地，进入你的内脏

我在等待，冬夜，雨中
在你家楼下的杂货店门口
后背贴着门板，想象
湿得能绞出水来
风抓起雨点
左一把右一把
甩在我脸上

等久了，行人出没也诡异起来
有人走近，一男一女
踩着积水，在一顶伞下
他们谋杀似的拥抱和接吻
灯光破碎一地
我真担心那女的是你
担心那男的给我一枪

这是多年前的一次等待
多年前的一个惊恐时刻
在你家楼下的杂货店门口
亲爱的，时间已过午夜

1994 | 05

永恒的时刻

一见钟情的时刻我们忘乎所以
我不清楚钟声在墙上为什么噬咬
后来我知道你也不十分清楚
为什么窗前白帆驶向缥缈
在孤独的海上我们一见钟情
在人和羊和狗的卡通草原上
你的气息张开潮湿柔软的触须
在风中嘶嘶地向我伸来
可以肯定的是我也在捕捉
粗心地清点从头发到脚趾
忘乎所以像摘葡萄的少年
手指因为快感而优美地弯曲
这时瓶中升起冰凉的火焰
蓝色勿忘我旋转出活泼的短裙舞
一切都在证实我们不需要昨天
它们蜿蜒地追踪笛声我们不需要
也不去管明天怎样多情地蜂拥而来
它们已经把今天搅得乱七八糟
它们什么都要插手让它们滚开

让我们瓜分这时刻就我们两个
小气就小气让别人去大方吧
从来没有一见钟情的穷大方何必何必
亲爱的我手脚倒立也不会认错
你一定是我梦的忠实拷贝
当我浮出明亮的水面
你是否和我一样爬上清晨的河岸
湿漉漉全身披挂激情的阳光
这时刻你是否和我一样发现
自己是一头饿得够呛的狮子
一开口就会发出深不可测的吼叫
充满十八世纪的浪漫情调
耶路撒冷真对不起怎么想起耶路撒冷
也是这时刻冲锋枪突突突突开火
全世界扬声器同时短路
人们无声无息地缓缓倒下
开放出一片五颜六色的花朵
或者瓜皮果壳真对不起
怎么想起一些安装假牙的嘴巴
一张一合想起市场上的鱼
在叫卖新鲜的理论
这是一部技术主义的无理性电影

亲爱的那条黑狗并不存在
格尔尼卡和广岛的记忆并不存在
护照上的悉尼纽约日内瓦巴黎
是不存在的还有信用卡和福利彩票
全是伪造的对这时刻来说
唯一的真相仅在你我之间
这时刻诞生了时空一体的典范
美的距离微妙而富有弹性
我们的激情因此产生了形状
从腋下发起洁白地伸展
令人不可思议地拍响天空
我要你相信这时刻永远不会消失
大树倒向山谷鸟群开始流浪
森林却永远站在我眼里的悬崖上
这时刻等待已久等待我们进入
我们不也在失败后变得更有耐心
想想看你走啊走啊忍住不哭走了多久
在丢失去向的路口你一见钟情
偶然就偶然让别人去必然吧
我只知道我成为我就很偶然
世界也偶然得出奇每片羽毛都是喜剧
这时刻这偶然是路口的一堵断壁

你我同时把肩膀靠上去同时听见
它狡猾地笑了像一个退休警察
就这样审判如约而来
一见钟情的时刻是一场无期徒刑
毫无赦免的可能毫无上诉的理由
那么那么我们就幸福地绝望吧
这时刻无边无际无始无终

1995 | 08

侥幸

拉过我的外套，你盖在身上
让背贴紧座椅，说
想睡，就睡着了

小心开车，调低电台音量
我把女儿接回家，把一匹小马
从郊外的大学接回市区

穿过一幢幢楼房的阴影
阳光在她脸上行走，睫毛微动
令人顿生和气

甚至想到形而上的古典
比如莫扎特的四重奏
很久没有这样近地触摸

有一棵树就有一个父亲
太多了。女儿也不少
都在同一片森林

或者游荡在长河大漠的夕阳下
一头小独角兽
跟着一头老独角兽

一辆紧接一辆，拐上高架
甲壳虫的队列神色慌张
而我在形而上的流动中

因为你的睫毛微动
因为初春的草叶
开始生长心事

女儿上了大学，居然
我承认有一丝侥幸
居然逃脱，从巨大的脚掌边缘

在送她去急诊的路上
在陌生人接近她的夏天
在她尖叫的瞬间

恐惧会贴上后背

所有的猜测都长出獠牙
想象引来饥饿的狼群

想象，就是发生过的事实
它们亮出锋利的爪牙
你只能一次次忍受撕咬

事后，她抖落雨水和无辜
每一片叶子都完好如初
想睡，就睡着了

女儿上了大学，当然
这就是说离你远了
远得开始够不着了

所谓距离，拿这个词放在
父亲和女儿之间，意义有点古怪
既不是河，也不是桥

她周末回家，卸下背囊
从里面掏出袜子、书本和吃剩的苹果
反正和冒险攀登没什么关系

夜半，屋里多了一个人的呼吸
偶尔莫名其妙地哼哼
与月光交流某种情绪

你和这个法学专业的学生讨论
关于公正，关于海湾地区的石油和炸药
留神下周的天空和风向，要开战了

你想说明国家立场和个人观点
费劲得很，游戏规则和利益导向
那些后现代的猪圈哲学

不，不是想象，巨大的脚掌
饥饿的狼群，就在那里
只是我们一次次侥幸

侥幸地触摸形而上的古典
在回家路上。为什么不呢
想睡，就睡着吧

2002 | 11

| 这年代的癌症 |

仿寓言

寓言都拖着一条至理名言的火红尾巴。

——拉·封丹

1 | 过剩经济

那时，我们没这么多袜子
没这么多电池和插座
没这么多电话号码
根本没电话
也没这么多垃圾
就地上一点尘土
就扫帚和铁皮簸箕

没这么多笔
没这么多书
没这么多零食
没这么多学者和嘉宾
客厅里没电视机

也没什么客厅
就一张方桌，吃完饭
四个孩子围着做功课
一盏二十五瓦的灯泡晃来晃去

那时没这么多房子
城里城外没这么多工地
没这么多银行和超市
天黑以后没这么多亮光
没这么多女人和报纸
没这么多警察
没这么多法律
大人们都规规矩矩

没这么多汽车
兜里也没这么多零钱
不管多远都走着去
最后一次是中学毕业
我们从旱桥走到人民广场
又从广场走到外白渡桥
觉得自己伤感得像长篇小说
一言不发就各奔东西

坐在时间的街沿
我用左脚和右脚轮流思考
怎样才能把现在的过剩
运回短缺的那时

你只要看到老人的脚开始乱抖
那就是在琢磨这个问题

2 | 雨中狂奔

一棵大树在雨中狂奔
提着一把泥土
扛着风

在雨中狂奔
大树裸露暴突的筋骨
勃起的根

狂奔，在A9公路
在提示和禁令的眼皮下

超越忍气吞声的车轮

警灯们开始追击
大树大树一棵大树
由西向东在A9公路

大树拐下公路
喘口气，可能还想小便
结果被他们截住

它一丝不挂
滴滴答答地站在车厢上
风趁机溜走

这就是为什么
高速公路的每个出口
都有一棵憋着尿的大树

3 | 会读标语的多多

多多是一条黑狗

应该是牧羊犬不太纯粹的后裔
每天清晨它出门慢跑
沿着公路，呼气吸气
公路两边的墙上
总有一些写得很大的文字
它歪着脖子边跑边读
跑过一个字，就点一下头
这是一种古老的阅读方式
已经很少有人掌握其中的奥秘
比如七个字，就点七下头
然后再连起来大叫七声

一辆推土机开来
推倒了半堵墙壁
这事就发生在早锻炼的路上
多多正歪着脖子边跑边读
站在那里它不知所措
这天的晨读只有半句
直到剩下的墙壁压在身上
它都没明白残句的意义

哪怕是为了狗的智力
也应该保留那些标语

4 | 赞美诗

让我赞美这座火车站
这顶光滑的科波菲尔礼帽
它缓缓转动
降落在城市的西南
晚上远远看去
你以为外星人会鱼贯而出
前赴后继的史前动物
呼隆隆穿越而来

我走了进去
让我赞美它的高大和宽敞
不管谁走进来
都会和我一样
老鼠似的游荡在废弃的谷仓
失落而又感伤
然后我们成群结队
企图填满这高大和宽敞

赞美它啊

赞美方便面的芳香
它们热烘烘地围拢过来
像迎接刑满释放的亲人
我去过一些火车站
柏林、伦敦、巴黎和罗马
不记得有过饥饿的感想
而现在，我的肠胃开始反抗

是的，这是一座崭新的火车站
让我赞美它，当然
我也要指出
由于对环境缺乏理解
它为尘土预备了太大的穹顶
还有平台，还有伸展的雨棚
那圈科波菲尔的帽檐
早知道这样
它应该把脑袋削成一支支铅笔
像米兰大教堂
尖得连上帝也站立不住
别说什么尘土

2005 | 04

纪念

——不是评论，只是写到名字就带出来的印象。所以，都没敢到书橱前去过，为了尊重记忆这头怪物。对他们给予我的心存感激：诗人，作家，译者，出版社。

1 | 萨特

那时候我并不清楚
应该怎样阅读你和加缪
阅读你们的分歧
你的巨著高高在上
而他的小册子却随便乱放
床头、桌边和坐便器的水箱盖上
直到有一天我走进巴黎
咖啡馆的柬埔寨老板说起屠杀
他想咬红色高棉一口
我一脚高一脚低穿过拉丁区
迎面看见你在拐角散发报纸

看见一九六八年，你自信得像独裁者
太想要建树
太在乎姿势

2 | 加缪

这片土地为我的灵魂而生成
你低声叹息，在亚平宁
我在你脚后撬动一块石头
在废墟和妓女的鼾声中
突然想起你不比萨特高明的小说
想起你置身于苦难和阳光之间的诚实
其实，四十六年也够了

3 | 阿波里奈尔

差点让那本烧酒和爱情倒了胃口
幸亏我看到了不一样的地带
罗洛先生的译文

4 | 普列维尔

纪念你弹唱的歌谣
纪念那盒听旧的磁带
一年又一年的雨中
巴尔巴娜走音地奔跑
我能读到的就只有淋湿的她
还有那只做事只做一半的猫
菲菲抄在信里
寄自广州

5 | 昆德拉

那两年我用你来给车胎打气
然后，骑着个人境遇上班
提防着沮丧和愤怒的碎玻璃

现在都安上玩笑的排气管了
那些甚嚣尘上的记忆
爬行着多么猥琐的灵魂

6 | 杜拉斯

北岛说起琴声如诉，我就去看
那像是萧红或者张爱玲写的
后来那些滔滔不绝，再说吧
反正你并不在乎塞纳河和它的左岸
当物质生活的酒精就要烧完
蓝火苗中伸出鲜红的舌头
那奇异的景象
仍然来自东方

7 | 马尔克斯

别以为我会丢下你
活到老追到老永不放弃
在呵欠连连的地铁口我照样嗅出你的膻味
你倦意如雾，垂涎却恶毒如初

小说是有过好时光的

能从任何一页再次读起的小说
并不太多，有一本
叫拉丁美洲的孤独

8 | 格拉斯

铁皮鼓敲过以后
就不知道你想说什么了
每个句子都能看懂
就是不知道你要说什么
猫和鼠和狗岁月，见鬼了
我气愤地报告陈村
电话里的回应深不可测

9 | 川端康成

多年以后的早晨
我在镜子里神色冰凉
又是一个古都和雪国之夜

10 | 海明威

你津津有味的故事，一个接着一个
死后还继续搅动墨西哥湾的海流
漫长而煽情的故事，可能是为了
让我回到你的那些短篇
那本蓝色的短篇小说集
回到流动的圣节，薄薄一册
纪念你对风景、酒、鱼和女人的品味
纪念你对斯坦因夫人的腹诽
纪念你那把语言的锤子
也纪念所有随着笛声起舞的青年
他们早已离散，差不多也成了
老糊涂、假硬汉、色鬼和骗子
嘟囔着知识分子写作

11 | 惠特曼

顾城倒在床上
说是被你打的

他也是伐木者

喜欢斧子和制作

新鲜的气味

在林中弥漫

12 | 金斯堡

你从来没被请去白宫

你也不会去

当嬉皮过60年代的校友

把嚎叫当作收藏

你在上海打听

去哪里领中国版税

1985年，在老锦江

13 | 凯鲁亚克

说要去流浪的姑娘

借走了我的在路上

卖掉汽车，却并没出发

还在电视里主持谈话
很表皮地笑着

14 | 海勒

我认出了那个梦
梦里我脱光了骑在树上
谁在树下忧心忡忡不记得了
记得的是我并没感到羞耻

15 | 小冯尼库特

想象不出我的七老八十
能像你那样机智而又准确地击发
那些装疯卖傻的故事和句子
你的手枪子弹，一颗一颗
打进权势和资本的屁股

16 | 塞林格

我至少买过一打送人
一打麦田里的守望者
它们在哪里？我猜
有人从来不会长大，长老的
只是那张布满爱和凄楚的脸

17 | 迪伦马特

那个出没在上帝身边的
是你吧？所以你无所顾忌
既不看教皇和政治家的脸色
也不留点面子给经典
你让上帝用伤口去查看
人间在历史的污秽中打滚
上帝哈哈大笑
他怎么能这么笑呢
我又怎么能这么笑呢

应该毕恭毕敬地依次写下
天使来到巴比伦
罗慕路斯大帝
老妇还乡
真的，你教我的比他们都多
因为你出没在上帝身边

18 | 丛书

我说树林，当然是人工的
它们看上去一模一样
又都从遥远的地方移栽过来
树和树，其实很不一样
活下来太不容易了
让它们活下来的人太不容易了
看到它们活下来的人太不容易了
比如我，我太不容易了

我今天能在林中漫步
是因为很多人为之死去

想起陈桐，他还在广州
那个办博尔赫斯书店的
他筹划出版法国现代文学丛书
他去巴黎揿伽里玛的门铃
他请来罗伯·格里耶
送走人家，他又奔忙三天
为了电脑上一根该死的连接线

2007 | 08

火把

这城市这年头把人逼进丛林

在火的舌尖和齿缝之间躲避
你看见老人攀缘在脚手架上
要当作父母在树上哭泣

乌黑的浓烟包围着高楼的峭壁
你看见玻璃窗后惊恐的孩子
要当作命悬半空的是亲生儿女

它以为它是御寒和驱魔的火把
它以为它是谁高高举起谁日夜传递的火炬
它以为它是图腾复活舞之蹈之的篝火
它以为它是这城市这年头的地标和景观

一年里最冷的那天
你索索发抖地站在追悼会大厅里
窒息中倒下的兄长
他站立的身躯成了躺着的遗体

死去一个

你可以说心被扯下一瓣

死去五十八个

你试试重复五十八遍

他们被风带走

被下半夜的暖湿气流带走

被废气和灰尘带走

被照片和证件的碎屑带走

真的你只能抬头张望

事情就发生在天上

这城市这年头让人集体腾空

2010 | 12

被围观的世界

围观矿难和泥石流
围观自焚和坠楼
围观人如蝼蚁的迁徙
围观被毁屋卖地的乡亲
围观草泥马的表情
围观谁在倒霉谁在走运
反正你不急着出门
连姿势都不用调整
把脚跷到茶几上
围观世界

穷穷穷
穷得嗒嗒嘀
穷得穷得穷得穷得
穷得嗒嗒嘀

围观以颜色之名的革命
搞笑啊这也叫革命
领袖范儿的哪里去了

只看见伪装镇定的貌似精英
也就是骂大街的人多了点
不留神口水冲垮卡通的军警
哪里有策略阴谋机构纲领
哪里有潜伏叛变出卖暗杀
哪里有无产阶级攻打皇宫
哪里有刀枪棍棒围困京城

穷穷穷
穷得嗒嗒嘀
穷得穷得穷得穷得
穷得嗒嗒嘀

围观以和平之名的战争
搞笑啊这也叫战争
哪里有巴顿和蒙哥马利
输入程序的是比尔·盖茨的门生
看不到堵枪眼炸碉堡海滩浴血
端枪的都摆出一副打群架的德行
你还记得侉子帮和蛮子派的街头决战
整整两天打打停停
饿了可以回家吃饭

吃饱可以回头再来
累了可以回家睡觉
睡醒可以接着再打

这年头连流氓都没了血性
就记得银行账户上有多少个零
有点户外爱好的是卡扎菲
你喜欢他搭在纽约中央公园的帐篷

围观革命围观战争
围观关于革命和战争的评论
没错就像评论足球和赌场
没错就像评论股市和明星
天啊他们分析骂大街和打群架
能从东方学扯到资本论

穷穷穷
穷得嗒嗒嘀
穷得穷得穷得穷得
穷得嗒嗒嘀

你要是示威和打仗当中的一个

就不革命了丢掉标语牌回家
就不战争了放下冲锋枪回家
这他妈的什么世道
一个人拼命一百个人评论
你要是那些倒霉蛋当中的一个
就不自焚了投身革命去
就不迁徙了参加战争去
这他妈的什么世道
一个人受难一万个人围观

2011 | 01

街头回旋曲

1 | 女孩走过儿童剧场

一个女孩举着手机
她不说话，在哭
哭着走过儿童剧场门口
大门紧锁，下午
剧场关闭很久了
儿童剧在别处上演
我也紧锁耳朵
听不得女孩的哭泣

手机牵着一个女孩
走过伤心的午后
为了哪个混蛋男孩
她哭湿了半个上海
所有的大门都紧锁着
在她身后
所有的大门都紧跟着
在我们身后

我是她的父兄
我要拧断谁的脖子
为了这个下午的影子
万念俱灰地拽着女孩不放

不，不，你只看见
女孩和手机拉拉扯扯
凭空抓取一把好了
尽是让人崩溃的信号

那被紧锁的台前幕后
妖精纷纷坐了起来

2 | 老张的木盒

树枝是入土不安的手
伸出来挥舞最后的证明

树下的老张打磨他的木盒
盒体、盒盖、里面和外面

不用一根钉子
完全斗榫合缝

他靠着树干，头顶
长出无数赤裸的手

他说买一个太贵
也没亲手做的结实
说反正要埋在地下
雕刻和彩印有什么意思

那些手拼命挥舞
不知跟谁签下的借据

以后，老张要把自己装进去
装在这个小木盒里
我居然在想这人太大
怎么装呢，真是毫无道理

只有几片可怜的凭据
证明曾经有过的遮天蔽日

木盒开始打磨老张
打磨他的眼神和时间
甚至亲吻老张的手指
说别急别急

那些表皮皲裂的手
那些骨节变形的手指

它倒是一点不急
知道总有一天
把您紧紧搂在怀里
木盒说，永远

我唯一知道的真实
是积水中打转的梧桐落叶

3 | 老洋房的骨头

老洋房向东南
斜斜移动五十米
钢缆、千斤顶加滚轴

磕磕碰碰拖过去

它老了，它很疼
你听见它骨头断裂

造它出来，也就是
一个叫作家的地方
当然住进去的是个人物
它造得很夸张

骨头声响，那些
黑白人影、谈话和故事
都活在缝隙里，你看见
一只蟑螂爬上窗台

马路冻得发亮
夜半，老洋房开始走动
它想挪回原来的地方
挪回主人在家的时光

五十米，一个被炸飞的士兵
爬回去找他掉在原地的腿

你这么想，骨头
疼得叫出声来

4 | 奶奶进不了门

奶奶愣在安全门外
天阴下来，雪粒纷纷

她摁了一遍又一遍
就是打不开门
她说没记错
门禁口气冰冷——

密码错误
请重新输入

她试了所有成串的数字
电话、门牌和楼层
身份证、她的生日
她结婚的那天，等等

门禁拒绝这些数字
用口令砸她脸打她头拧她脑筋

数字纷纷，撒落一地
她去捡，它们冻成了冰

在安全门看来
奶奶并不存在

2011 | 03

怀念

那个叫荻港的村子
那个运河边的集镇
沿岸骑楼下的买卖和批发
一家连着一家
现在只剩卖建材五金
做细木工匠的有些动静
家家门窗紧闭
封存着潮湿的岁月
呵呵船来船往的生意
呵呵老酒过后的小调
砂石料铁壳船昼夜不息
花木和绸缎是老辈运河的故事
谁还记得淡水鱼养殖是本地一绝
甚至出了国门去了南美
狭窄的河道穿过老镇
狭窄的廊座随之起落
永远有老人泥塑似的盘着
夏天光着佝偻的上身
冬天裹紧脏兮兮的滑雪衫

镇上的茶馆一如既往
凌晨四点就座无虚席
喝茶兼感叹剃头带刮脸
角落里褪色的肖像正长出胡须
点心店的包子出笼了
姗姗而来的包子西施令人怀念
水汽迷离啊
卖馄饨皮的兄弟做人道地
切光了四边再过秤报价
一百样都卖的杂货店
一天没一票生意
照样心平气和地上好门板
哪里像嫖客和诗人
着急得不行

2012 | 03

西瓜

用汤勺慢慢地吃西瓜
冰箱里冻过的西瓜
一勺一勺地挖，考古似的
不小心掘出了一点零碎

通常是拿菜刀切成一片一片
那是你经历过的一个一个夏天
一家七八口，分一个西瓜
每人两片，切匀了绝对是门手艺
那真叫片啊薄得能把瓜籽捅掉
薄片不需要汤勺，张嘴就咬

所以，用汤勺吃西瓜是件大事
意味着一个人独享一半
意味着当时你在感冒发烧
也有可能是一次难得的奖励
你吃得有点不好意思
留心别挖太猛，别吃太快
姐姐说你把籽吞下去了

它会在你肚里发芽

一勺一勺地挖，慢慢地吃
甜是一条线，凉是一把剑
后来发现攒了一汪瓜汁
红得耀眼，一些黑色瓜籽
静静地躺着，让你想起雨后水洼
弹壳、瓷片和词句

2012 | 08

坠落

醒来，你听见谁在和太阳厮打
打得风不成形水不能饮鸟不敢鸣
去窗前张望，你能看见雾霾的嘴脸
一边打一边吃还一边拉

你能感觉被噬咬的疼痛
鸽群的呼救在拍打你的肺叶
你能想象龌龊不堪的北方
一个骄傲的青春坠落时擦出的火花

我的女孩，你没呼救
你无声地叹了口气
跃出窗台，张开翅膀
想剪坏这匹难看的蒙昧之旗

我拦不住你
我够不着你
我替不了你
我叫不醒你

原来雾霾是这世界这年代的癌症
那些异形在鼓吹一个个肿瘤的气球
当八九点钟的太阳在窒息中坠落
崩溃将如约而来

2013 | 03

年代

我喜欢看你撑着伞走过小巷
脚高脚低走在从前的那个年代

你一手撑着伞其实并没下雨
下的是丁香和那份潮湿的情怀

踏着单轨录音扭动的旋律
走音你也走出步步天籁

那个年代引导你脚高脚低
一出小巷就有名人撞个满怀

你头上撑开的是个接收装置
请求关注的信息穿越而来

丁香啊潮湿的情怀啊
天上掉颗炸弹都令人期待

伞面上肥胖天使开始踢踏

有点重有点疯有点蔷薇胡乱开

暧昧不明的年代诱惑四溢的年代
是你另一只手上的酸奶

2013 | 10

所以

所以，每一声问候都吓你一跳
所以，每个月圆之夜都是一种逃脱的侥幸
所以，一枚浆果就能让你提心吊胆
怕它和春天一起死于非命

所以，每口食物都把你变成饿鬼
所以，每晚躺在床上才松了口气
所以，只要醒来就能看见镜中的影子
它与你同在，名叫恐惧

所以，每次出门都预感被洗劫一空
所以，每个拐角都引向穷途末路
所以，每年体检都是一次死里逃生
箭头虽小却直指你的归宿

所以，每张碟片都担心放不到结尾
所以，每封来信都注定无法回复
所以，只要朝下张望就会失去重心
拽住你的手总有一天会走神失误

2013 | 10

胃镜报告

你看见他躺在床上
蜷缩在雪白的床单上
脱掉鞋子，你踩着木凳
坐上铁床，也躺了下来
你不清楚他的喘息
离公寓楼下的那个夜晚有多远
而你的右侧也没什么大野小野
医生说，向左

一只奶嘴塞了过来
不是奶嘴，是塑料嚼口
你嘟着嘴叼住
以防咬破插管和医生的手指

有人在你脸下垫进一块纱布
你的腿就自然地蜷缩起来
这姿势你在哪里见过
一匹牝马的分娩

医生端着黑色插管逼近了

不要有什么想法！想法
还没潮湿，一根硬物
就粗暴地捅了进来
被谁割开喉咙也不过如此吧
一个人的全部想法
仅限于喉咙那几公分

你看见自己躺在雪白的被单上
保持着他的姿势，向左
背后没什么大野小野
所以你一动不动
蜷缩着腿，蜷缩自己
荒木经惟也不可能做得更好

仅限于喉咙那几公分
魔鬼的手指在持续地插入
卡车一路擦出火花
挤过狭窄的隧洞
你在窒息中大声干呕
他们说别咽口水
用鼻子呼吸
你想冷笑，鼻子和嘴

它们在哪里

你才知道身体某处的疼痛
能让人放弃和顺从
鸡要挣扎，猪会逃脱，只有羊
吃上一刀，不动，也不叫
当然死人也这样
自杀还是他杀并不重要
重要的是一动不动
保持格瓦拉躺在水槽上的态度

原来就是为了体验最后的喘息
你才去躺在雪白的床单上
原来你真正害怕的不是死亡
而是死亡之前的疼痛
你才蜷缩着腿
蜷缩自己

枪击，割喉，车祸和空难
火灾，不治之症，什么都有可能
死是你无数次见过的事实
而疼痛，你并不清楚

它能让人变成傻子，想法
仅限于喉咙那几公分

你挥挥手
让麻醉师走开
在那张铁床上躺下
死一次试试

生和死，可能就是
往右还是往左躺下的问题

2014 | 10

最孤独的地方

1 | 人质

你看我坐在街边
露天咖啡，顺便抽烟
顺便观察风和时间的行止
猜想来来去去的鞋子
属于什么样的身份和心情
还能给自己挂块牌子
失物招领，黄昏
有点冷

于是假想去代替那名人质

是人总要被绑架
谁生来不是人质
所以他们的小说越写越长
啰唆得像哪条上海弄堂
引子被产房和墓地绑架
第一章被愚蠢的会议绑架

第三章被迟到早退的春天绑架
第五章被今晚的酒局
第七章担心钥匙和运气不在兜里
被强迫症绑架

第九章被句子绑架
被气息和节奏
被一个躲在暗处的词语
它比你更有耐心
等你放弃

而绑架以生命为价码
写一首诗也是
你看咖啡杯开始颤抖
手指敲击桌面
会不会被谁误认为摩尔斯电码
背后有刀伸了过来

2 | 镜相

早晨镜中的你

自己都看不下去
这什么人啊
鼻子不是鼻子
眼不是眼
又老
又丑

就这样自惭形秽地出门
盯着自己两只脚
一前一后，踏进
旧日单位的大理石地坪
一抬头看见两张人脸
面熟陌生
这什么人啊
鼻子不是鼻子
眼不是眼
又老
又丑
你记起来了
一张叫肮脏
一张叫龌龊
他们和你同龄

怎么活成这副德性

晚上镜中的你
好吧还可以
没受传染
没跟谁有过不去的
不过你想试试
就试几天
五官扭曲地出门
让那点阴暗在脸上弥漫

3 | 太多的时间

孩子们都睡在梦中
夜半的游乐场空无一人
你试试秋千的铁链
还行，能对付成人的体重
不敢用力
不敢太高
荡起来时你看见
下降的飞机滑过夜空

早晨，你会仔细观察
枫树的枝条冻得通红
朝下挂着一排露珠
而一颗颗芽苞向上萌动
你凑上去闻了又闻
以为背上有一对翅膀在扇动

空下来也就这样了
独自找点乐趣
别去操心够不着的事情
尽量别让自己生气
一天天的日子会长出叶片
在风中大口呼吸

要提防太多的时间
被你用来怀念
太多的时间
被你用来哀悼

4 | 世界上最孤独的地方

这世界最孤独的地方
在冬天潮湿的树梢
你站上去发现举目无亲
一声声，叫碎七八颗雨珠

这世界最孤独的地方
在夜半街头的拐角
你把自己挂成清仓甩卖的招牌
风就来下流地动手动脚

这世界最孤独的地方
在酒后醒来的床上
实在想不起还有什么可以操心
这一天只好用来后悔和忧伤

这世界最孤独的地方
在殡仪馆的吸烟处
一个个吞云吐雾看破红尘

送的却不是同一个人

这世界最孤独的地方
在写下这几句的攀爬中途
你不抠紧分行的石缝
这首诗会摔得粉身碎骨

所以，此时此刻
这世界最孤独的地方
就在你屁股底下
还找什么归宿

2015 | 05

| 跋 |

穿过密谋和马蹄出没的时刻

一个人以诗为业
折腾一辈子
写出的分行文字
语不成句
像一个字一个字翻译过来的
艾略特
这有意思吗

听他读诗，你只能看见
美女身上打满马赛克

我从来也没认为自己是个诗人。必须要交代点什么的时候，我总是有点犹豫，最后不得不落在纸上，就说我写诗，或者写分行的文字。倒不是诗人有多高大我够不着，而是这身份实在让人觉得不靠谱，以我的见识，可敬的有几个，可爱的有趣的是越来越少了。

可能是因为写得比较少，心虚吧。我说过可以留作纪念的诗不足百首，希望有生之年凑个整数。真不是谦虚，这些诗当中确实有一些是留作纪念的，意思就是可能对自己有意义，对读者有什么好处我没把握。

过去很久了，我说诗只是生活的一部分。当时喊着诗是生命是全部的，后来很多都不写了。事实上能以命相搏的人极少，该受人敬仰。我做不到，能做到的就是习惯性地写几行，自己认为过得去就行。谈不上什么坚持，那太身段化。一同走来的人有的死了，有的疯了，有的失踪了，想想我还能说诗是生活的一部分，够意思了。

我算幸运的，写的几乎都能发表，只要愿意投稿。但是从来不认为发表算是什么标准。当时认识的几位朋友虽然没机会发表，但写得比我好多了。有时跟写小说的开玩笑，说只有诗人有资格说不为发表写作，诗人泡妞说本子拿来我抄首诗给你，没听说抄个长篇给你，中短篇也不行。

诗的不管不顾的冲劲就在这里，纸质年代，官媒时期，小说的先锋和前卫是很可疑的。

80年代写得多些。不是说那时候怎么了，年轻而已。80年代其实没他们说的那么好，我不知道一些过来人的记忆出什么问题了。比如，穷，穷很令人神往吗？我知道历来都有贫困艺术，那叫不得已而为之——比不了高大上我跟你比精气神了！其实，巴不得不愁衣食一心写作呢。再比如，有压力，谁喜欢压力了？除非他受虐成癖。说没压力就写不出好诗的那叫贱骨头。当然，能在贫困、饥饿和压力下顶住了，还拥有持续写作的力量，不容易，不过这是另一个层面的问题了。

除了写诗是可耻的那几年。

那个年代，能给人留下记忆的诗并不太多，留下来继续写作的诗人更少，这也是事实。潮流归潮流，礁石归礁石。我独自发呆的时候会想，他们都到哪里去了？还是很想念那帮聪明过人、才华出众的家伙的。他们可能去玩别的什么了，后来选择多了起来。

值得一说的是那时候读书读得真狠啊。欠得太多太久，饿疯了，见到好书眼珠子都绿。都是一流的，都是翻译过来的，我甚至认为这世界真正出色的书都在以前，翻译也是以前的可靠。读也没那么功利，不是为了写什么，就是读，特别美。直到今天我还这么认为，读一本真有价值的书比写一首诗重要得多。

也不太敢想多写一点会怎么样。想也没用，来不及了。说为生活为工作所累是矫情，就是一直在忙，瞎忙，忙得没力气也没心情琢磨诗这件有它不多没它不少的事。但是也怪，有那么几首就是在最忙的时候写的，剧场后台，火车硬座，甚至是编辑机房，熬到下半夜，就写在场记单的反面。我解释不了。

写的过程倒是一直有尝试的心态，尤其冷处理后拿出来修改，耐心好得像真正的工匠。好像很少有驾轻就熟一路狂奔的时候。口语写诗没那么简单，我操练到现在还常常上气不接下气，怀疑自己是不是真有能力。还要特别留神，读有可能会影响写，翻译过来的东西读多了，别操着中文说外语。

当然，假装外宾的情况，远不只是语言问题。诗有更高的境界，高于现实和世俗生活，高于个体的局部的暂时的天天发生的灾难，这还用多说吗，有那些大诗人的作品在。我劝慰自己，他们有上帝眷顾，我们嘿嘿就别假装啦。

希望诗如其人，像我，踩着河边肮脏的烂泥地，就这么又疲惫又愤慨地走过来。诗不怎么样，但还算诚实，不美化和神话自己，别让人读着不知道是人是仙。

不看谁眼色，不猜编辑和读者口味，不仿效闪闪发亮的，不那么势利眼，就能写得自由自在如入无人之境。自作主张自以为是自鸣得意，也就不是什么毛病了。所谓业余腔调业余态度吧，又不靠它混饭吃，怎么写你管我啊。业余来去大概有益于心理健康的，好像专业棋手赢了业余的没什么了不起吧？不当心输给我倒麻烦了。

总之不拿自己当回事。当多大回事就出多大洋相。这世界好诗人像星星一样多，随便张望一下就晕，你自己不过是地下哪粒石头子儿。星星画会三十年出纪念册，我问为什么是陈丹青序，差好几年呢。严力指指书名，“依然在野”，说这四字意思好。你懂的。

所以一直不明白诗的批评是怎么回事。我指

不说好话的。一首诗写出来了，公开了，就有它的读者，有它存在的理由。作者这么写而不那么写，管得着吗你？喜欢就读，不喜欢就别读，说应该如何就太奇怪了。不会有谁傻到去批评剪窗花的扎灯彩的捏面人的画灶台的吧？你又不熟，偏要在一边指指点点，人家很生气，后果很严重。我是拒绝坏话的，你跟我不熟，凭什么？当然，说好话的批评多多益善，因为怎么说都对，呵呵。

好吧，首尾的句子是个玩笑。

柚子居然挂得那么高
二层楼那么高
居然那么多
一个个在风中轻摇
晴天它们嘻嘻哈哈
阴天就显得愁眉苦脸
初冬一场冷雨浇了下来
它们泪流满面

我也是

实在没什么好哭的

就哭哭自己

王小龙

2015 | 12 | 20

呈现一种可能的真相

——“中国桂冠诗丛”第一辑出版后记

1 |

2015年下半年，我在磨铁图书公司里设立了一个诗歌编辑室“铁葫芦诗歌”。“铁葫芦”是磨铁公司的一个文化类图书品牌，它的初创者是王小山先生和王来雨先生。早在“铁葫芦”这个图书品牌创建之初，我就一直想同时再做一个诗歌类图书的出版品牌。我自己是一个诗人，也是一个出版人，做了10多年的出版，一直没有为诗歌出版做更多的事情，说不过去。这几乎是我的一块心病，也是一个夙愿。直到2015年下半年，各方面条件成熟，也有了完整的诗歌出版计划，

“铁葫芦诗歌”终于启动了。年轻的诗人里所（李淑敏）担负起诗歌编辑的重任。

“铁葫芦诗歌”的第一个出版项目，就是推出“中国桂冠诗丛”第一辑——5位当代优秀诗人的精选精装诗集。这5位诗人分别是：严力、王小妮、王小龙、欧阳昱、姚风。他们都出生于上个世纪50年代。我和里所一起，从他们创作至今的大量诗歌中精选出既能代表诗人迄今最高写作水准，也能大致体现诗人创作全貌的约70首诗歌作品，做成硬皮精装书。

“中国桂冠诗丛”会一辑一辑地陆续推出更多优秀诗人的作品，也都将沿用这种70首诗左右的精选精装模式，带有某种典藏的性质。第一辑的这5位诗人，是按照“出生于50年代”这个时间概念来选择的，除了这种按照出生年代来归纳成辑的方式，以后可能还会根据美学观念、流派、群体等方式归纳成辑。我希望“中国桂冠诗丛”能够一直出版下去，为一代代优秀的汉语诗人做见证和展示。

而能否被我们选得出70首左右的优秀诗歌，将是诗人们入选“中国桂冠诗丛”的最重要前提。这其实是一个非常苛刻的前提，要求入选的诗人写作时间足够长，创作量足够大，创作出的好诗足够多。既然我们敢把这个诗丛命名为“中国桂冠诗丛”，就会选择对得起“桂冠”二字的诗人。我们有足够的耐心，在时间中等待越来越多的诗人。

2 |

将这套诗丛命名为“中国桂冠诗丛”，当然还包含着某种重塑当代诗歌史的野心。所有当代史一定都仅仅意味着浮云遮眼，而所有试图厘清当代史的努力，也都无法在当代呈现出其真实的意义和成就，但这并不妨碍我们按照自己的审美尺度去为之努力。

我想为之做的努力就是，尽我自己所能，穷尽我自己的视野，通过诗歌出版的方式，去呈现一种可能的真相。既然是想呈现真相，那就意味着，至少在我的审美尺度里，当代中国诗歌在它的表面所呈现出来的那些秩序是一种艺术的假象，是遮眼的浮云。我看到了我们时代的那些杰出的灵魂，他们诗歌中有诚实、真挚、朴素的内心，有尖锐、先锋的艺术立场，有自由而现代的艺术精神。他们潜伏在时间的迷雾中，忠实于自己的心灵、精神和艺术立场。他们在假象的迷雾之外，在真相的石头之中，在时间的淘洗之中。我想通过出版的方式，向有心的或有缘的读者展示他们的诗歌，呈现一种我自己想象中的，可能的真相。

3 |

“中国桂冠诗丛”第一辑推出的这5位诗人，在他们各自的艺术立场和美学方向所取得的重要成就，还远远没有被我们的时代所理解。

出生于1954年的严力先生是上个世纪70年代末到80年代前期“朦胧诗”群体中的重要成员。直到今天，严力始终在写作着最具生命力和创新意识的诗歌，他是诗人中终身写作的楷模。通常的文学史往往会用某一个文学流派或文学史事件遮蔽其中具体的诗人，从这个意义上来讲，我甚至认为，严力的写作意义和美学成就被文学史意义上的所谓“朦胧诗”遮蔽甚深。是诗人严力，而不是“朦胧诗”群体中的严力，为中国当代汉语诗歌贡献了独特的美学价值。他是始终追求创新的诗人，是语不惊人死不休的诗人；他是当代诗人中最早觉醒口语意识，将口语和意象融为一体的诗人；他是具备独特语言世界观的诗人，是中国最彻底地实现语言智性的诗人，是中国诗歌的现代派运动中，在智性一极做得最好的诗人。新世纪以来，严力更是将其越发炉火纯青的语言智性与人生感、时代感、命运感相连接，其诗歌既有智性之巧思奇崛，又有更深刻的人文背景和灵魂纵深。

出生于1955年的王小妮，30多年的写作，一以贯之，诗心朴素而强硬，情感丰沛而锋利。她是女诗人中罕见的硬碰硬的心灵书写者，不取巧于技术，不卖弄于女性性别意识和性别风情，不迎合于美学的风潮，她从一开始便忠实于朴素的心灵，并用最强硬的开掘式的写作姿态往内心最纵深微妙处写，诗笔如铁犁，诗心如水晶。在她最好的诗歌中，往往既有女性的柔软和敏感，又有重金属在火中锻打般的铿锵。她不是任何一种诗歌美学的弄潮儿，但在所有弄潮儿的时代，她都留下了令人无法忽视的诗篇。

与严力一样出生于1954年的王小龙先生，既是上个世纪80年代第三代诗歌运动的先驱，更被认为是汉语诗歌口语化的源头诗人。王小龙是当代最早完全使用口语构成诗歌，并且写出了经典诗篇的诗人。在口语诗的发展已蔚为大观的今天，回头再读王小龙当年如《出租车总在绝望时开来》等诗歌名篇，依然熠熠生辉。王小龙早在80年代初期，就建立了一套成熟的口语诗歌写作的内在逻辑，对具体感、现场感的追求，对叙述功能的放大，对反讽和戏谑的娴熟运用，对语感和口气的强调，在王小龙诗歌中都清晰可见。而所有这些美学建树，在后来从第三代诗歌中的口语一脉直到今天的口语诗人身上，成为被反复强调的口语诗歌的基本美学特点。王小龙与中国当代口语诗歌的发展，到底有多么深刻的关系，其早期的诗歌写作，到底在多大程度上影响了后来的中国诗歌，至今仍远远没被清晰指陈。

出生于1955年的欧阳昱和1958年的姚风，一个常年生活在澳大利亚，一个长期在澳门工作，多少有些疏离于中国内地的诗歌场域。这在一方面使他们独立前行，形成了他们独特的诗歌美学；另一方面，也令他们真正的写作成就和美学贡献远未被内地诗界重视。很多人往往更看重欧阳昱和姚风作为翻译家的成就，这是严重的本末倒置。他们当然分别是非凡的英语翻译家和葡萄牙语翻译家，但首先是足够杰出的诗人，因此才能成为优秀的诗歌翻译家。居于海外的创作环境和翻译家的身份，遮蔽了欧阳昱和姚风作为当代重要诗人的存在。从另一个角度我们也可以说，欧阳昱和姚风，是当代汉语诗歌的“秘密武器”。

欧阳昱是当代汉语诗歌中，先锋意识和探索精神最强的诗人之一。这个时代能当得起“先锋”二字者，本就已属珍稀动物，而欧阳昱，我以为是先锋中的出类拔萃者。他是从里到外的那种“先锋”，从精神到语言。在美学上，他是盗火的普罗米修斯！在保守而传统的中国当代诗歌中，欧阳昱这种先锋、大胆、不管不顾的写作态度的价值，尤其重要。在欧阳昱泥沙俱下的大量诗歌中，始终葆有着愤怒、抗争和如同野草般疯长的生命意志。这同样也是当代中国诗歌中的稀缺血质。

姚风的写作与欧阳昱刚好相反。欧阳昱尽情使用着粗鲁的、野蛮的，甚至破碎如玻璃碴的口语，其诗歌能将人戳得鲜血直流；而姚风则使用着典雅、纯正、节制的口语，他更像一个贵族，怀揣赤子之心，驾驶着精确的语言之舟，驶向文明之海。他是汉语诗歌中不多见的，在“文明”这一人类主题上发力甚深，写出过杰出的文明诗篇的诗人。他擅写世界之诗、文明之诗，对文明的亲近与渴望，对反文明的质疑与抗拒，是其诗歌中重要的主题。更重要的是，他以一个当代中国诗人的内心去亲近世界的文明，内心常怀深刻的疼痛与悲伤。从某种意义上来讲，姚风是当代汉语诗人中很少有的，能够被称为“文明之子”的那一种诗人。

4 |

严力、王小妮、王小龙、欧阳昱、姚风，是“中国桂冠诗丛”第一辑的5位诗人。至少在我看来，他们就是我们时代的桂冠诗人。而我们进行这样一种诗集的出版工作，也正是为了呈现这样一种可能的真相。

沈浩波

2016 | 02 | 29

图书在版编目（CIP）数据

每一首都是情歌 / 王小龙著. —杭州：浙江文艺出版社，2016.4

ISBN 978-7-5339-4471-1

Ⅰ. ①每… Ⅱ. ①王… Ⅲ. ①诗集－中国－当代 Ⅳ. ①I227

中国版本图书馆CIP数据核字（2016）第057003号

责任编辑　闻　艺
策划统筹　李淑敏
特约编辑　孙秋臣　武靖雅
封面画作　里　所
封面设计　周伟伟

每一首都是情歌
王小龙　著

出版发行　浙江文艺出版社
地　　址　杭州市体育场路347号　邮编　310006
网　　址　www.zjwycbs.cn
经　　销　浙江省新华书店集团有限公司
印　　刷　北京盛通印刷股份有限公司
开　　本　880毫米×1230毫米　1/32
字　　数　74千字
印　　张　5
插　　页　2
版　　次　2016年4月第1版　2016年4月第1次印刷
书　　号　ISBN 978-7-5339-4471-1
定　　价　39.80元

中国桂冠诗丛

中国桂冠诗丛 | 第一辑

《每一首都是情歌》 王小龙 著

王小龙，1954 年 8 月生，海南琼海人。纪录片工作者。1968 年开始诗歌写作。出版过自选诗集《男人也要生一次孩子》、《每个年代都有它的表情》和《我的老吉普》。个人纪录片作品有《一个叫做家的地方》、《莎士比亚长什么样》等。现居于上海。

《悲哀也该成人了》 严力 著

严力，诗人、艺术家。1954 年生于北京。1970 年代开始诗歌和绘画创作。是 1979 年先锋艺术团体“星星画会”和文学团体“今天”的成员。1984 年举办了国内最早的先锋艺术个人画展。1985 年留学纽约并于 1987 年在纽约创编“一行”诗刊（1987–1995）。目前居上海、北京和纽约。

《扑朔如雪的翅膀》 王小妮 著

王小妮，1955 年生于长春市。曾就读吉林大学中文系 77 级，做过电影文学编辑和大学老师，移居深圳 31 年。出版有诗歌、随笔、小说多部。

《永居异乡》 欧阳昱 著

欧阳昱，诗人、翻译家、作家，墨尔本 La Trobe 大学澳洲文学博士。现为上海对外经贸大学“思源”学者兼讲座教授。已出版中英文著译 80 种。获得包括悉尼快书诗歌奖、澳中理事会翻译奖在内的多种文学奖项。2011 年被被纽约《明镜》月刊评选为十大最有影响力的海外华人作家。

《大海上的柠檬》 姚风 著

姚风，原名姚京明，诗人，翻译家。生于北京，后移居澳门，曾任澳门文化局副局长，现任教于澳门大学。著有中葡文诗集及译著二十多部。获“柔刚诗歌奖”、“两岸桂冠诗人”称号以及葡萄牙总统颁授的“圣地亚哥宝剑勋章”。也是“澳门文学节”和“中葡诗人对话”等活动的策划者。